arte é infância

Mari Miró e o Abaporu

VIVIAN CAROLINE LOPES

Coleção arte é infância
Pois arte é infância! Arte é não
saber que o mundo já é e fazer um.
Rainer Maria Rilke

*Para o meu irmão Luca,
meu primeiro aluno e a primeira
criança por quem me apaixonei.*

CIP-BRASIL. CATALOGAÇÃO NA PUBLICAÇÃO
SINDICATO NACIONAL DOS EDITORES DE LIVROS, RJ

L856m

    Lopes, Vivian Caroline, 1982-

    Mari Miró e o Abaporu / Vivian Caroline Lopes. - 1. ed. - São Paulo : Ciranda Cultural, 2016.

    48 p. : il. ; 24 cm.   (Arte é infância ; 7)

    Sequência de: Mari Miró e o Menino com Lagartixas
    ISBN 978-85-380-6793-1

    1. Conto infantojuvenil brasileiro. I. Título. II. Série.

16-36463   CDD: 028.5
                                 CDU: 087.5

Este livro foi impresso em fonte Joanna MT em outubro de 2021.

Ciranda na Escola é um selo da Ciranda Cultural.

© 2016 Ciranda Cultural Editora e Distribuidora Ltda.
Texto e ilustrações © Vivian Caroline Fernandes Lopes
Produção: Ciranda Cultural

1ª Edição em 2016
2ª Impressão em 2021
www.cirandacultural.com.br

Todos os direitos reservados. Nenhuma parte desta publicação pode ser reproduzida, arquivada em sistema de busca ou transmitida por qualquer meio, seja ele eletrônico, fotocópia, gravação ou outros, sem prévia autorização do detentor dos direitos, e não pode circular encadernada ou encapada de maneira distinta daquela em que foi publicada, ou sem que as mesmas condições sejam impostas aos compradores subsequentes.

arte é infância

Mari Miró e o Abaporu

Ciranda na Escola

Mergulhando na Paisagem Brasileira de Segall, Mari percebeu que estava mesmo era em uma favela. Favela, vocês sabem, é um conjunto de casas mais pobres nas periferias e às vezes até nos centros da cidade. Mari sabia bem disso porque morava em uma. Dizem que não é de respeito usar essa palavra hoje em dia, mas nós sabemos que o preconceito está nos olhos de quem vê. E Mari não tinha vergonha nenhuma de dizer que morava em uma favela. A vida não era lá muito fácil. Há muitos problemas nas comunidades, mas enfim, era o lar dela. É é por isso que percorrendo essa obra ela se sentia em casa.

Andou tanto que nem percebeu as formas mais arredondadas da Paisagem. Não notou também um colorido diferente, além das plantas. Aqui não era parecido com Americanópolis. Parecia limpo, com ar puro, menos casas, mais espaço. Quando percebeu tudo isso, Mari achou que não estava nos dias de hoje e talvez nem em São Paulo. Achou também que não estava mais na obra do Lasar Segall.

Aproximou-se da moça mais gordinha e perguntou:
– Oi, moça, tudo bem? Onde é que nós estamos?
– Estamos no Rio de Janeiro! Capital do nosso Brasil.

Mari gostou de saber que estava no Rio. Sempre quis conhecer a tal Cidade Maravilhosa!

– *Por que você não fala que eu sou muito educada?*
– *Por que eu deveria, Mari?*
– *Ué... Eu não ri da cara da moça, ela não sabe que a capital do Brasil é Brasília!*
– *Não, Mari! Ainda bem que você não riu... Agora eu é que posso rir! Nessa época Brasília ainda não tinha sido construída.*
– *Como assim construída? As pessoas construíram uma cidade inteira? Ela não existia? Nem... Assim... Um chão com pouca casa que já chamava Brasília e só reformaram para ficar bem chique e o presidente morar lá?*
– *Não. Não existia! Foi totalmente projetada e construída nos anos 1950. E até então, a capital do Brasil era o Rio de Janeiro mesmo.*
– *Quero saber sobre essa construção...*
– *Outra hora a gente fala sobre isso... Agora vamos voltar para a obra da nossa nova pintora!*
– *Eba! Mais uma pintora mulher!*

Então, quando eu percebi que estávamos em outro lugar, logo entendi que essa era a obra de outra pessoa. Agora, quem? Andei mais um pouquinho e vi uma torre que parecia aquela de Paris, só que mais baixa. As pessoas estavam com chapéu e bandeiras. Logo ouvi uma música tocando. Tinha um bicho esquisito com um laço no rabo. Muito engraçado! Era o carnaval!

– Aqui é Madureira, menina! O berço do samba e dos blocos de carnaval! – disse a moça bem alta e magrinha com um braço compriiiiido e uns colares vermelhos.

Já estava animada sambando (até coloquei uma flor na cabeça), quando ouvi o apito de um trem. Trem antigo, daqueles do tipo maria-fumaça. Decidi seguir o barulho. Foi quando dei de cara com uma estrada de ferro. Então, tentei subir em um vagão... Queria descobrir no mundo de qual pintora eu estava.

Entrei e logo ouvi umas risadas e uma conversa alta sobre Minas Gerais. Fiquei mais um tempo em silêncio, tentando ver se reconhecia algumas das vozes. Olha, eu acho que tô reconhecendo...

– Mas aqui em Minas a gente encontra a essência do nosso país! – disse uma voz que eu estava quase adivinhando de quem era.

– Eu gosto muito do interior, tenho raízes lá, tal como as grandes árvores em que eu subia quando menina – disse uma voz de mulher muito charmosa.

– Ôlhem sô qui marrravilha! – disse uma voz com sotaque de outra língua.

Decidi chegar mais perto para ver se enxergava quem era. E quando consegui, vi o Mário de Andrade! Lembra? Que estava lá no farol da Anita Malfatti! E a dona da voz charmosa eu posso apostar que é a Tarsila do Amaral, aquela que estava sentada junto com o Mário naquele desenho O Grupo dos Cinco!

Fiquei muito feliz. E então resolvi me apresentar para os três.

– Boa tarde, pessoal.

– Olhem! É aquela menina que encontrei no farol de Anita! – disse Mário de Andrade correndo com seu sorrisão pra me dar um abraço.

– Eu sou a Mariana! E vocês quem são?

Mário tomou a frente e fez a apresentação:

— Essa aqui é nossa musa Tarsila do Amaral, grande pintora. E este é nosso amigo Blaise Cendrars, que mora na França. Estamos viajando para a Semana Santa em Minas Gerais. Venha com a gente!

Tarsila e esse homem de nome esquisito sorriram para mim! E eu logo quis participar, claro! Olhei para as mãos dela e vi um caderninho. Ela estava de lápis na mão. E logo fui xeretar.

— Oi, Tarsila... Como você é linda! Que vestido bonito!

— Muito obrigada, Mariana! É Poiret.

— O que é isso, Poiret?

— É um dos meus costureiros preferidos!

— Que legal! Eu adorei também. Será que ele faria um vestido para mim? Não consigo muito usar vestido, mas igual ao seu eu acho que ia gostar!

— Olhe, vamos ver... Acho que eu posso ter algum do seu tamanho, vou procurar!

Então Tarsila foi até algum lugar buscar sua mala porque esses trens antigos tinham espaço para tudo, até para comer. Era como se fosse um avião. Hoje, quase não existe mais trem para essas viagens compridas aqui no Brasil, né? E, enquanto ela foi procurar um vestido para mim, eu resolvi dar uma espiada no caderno dela!

– Uau! Que demais! Olhem esses desenhos, que lindos! Têm poucas linhas e parecem muito fáceis de fazer! E também dá vontade de pintar!

– Parece um dicionário de desenhos! Acho que ela está guardando as ideias das coisas que ela viu até agora na viagem! Que coisa doida isso de guardar desenho.

E quando ela voltou, trouxe um vestido LIN-DO para mim! Olha só como eu fiquei chique!

Ela riu bem alto quando me viu vestida, prendeu meu cabelo bem esticado assim que nem o dela e colocou uns brincões. Legal! Gostei.

Quando virei a página para ver o próximo desenho, entendi tudo!

Esse era aquele gordinho que estava dormindo no desenho do Grupo dos Cinco. A Tarsila gostava dele! Olha, tem um coraçãozinho!

– Sem querer ser indiscreta, Tarsila, mas esse é seu namorado?

A Tarsila ficou vermelha e disse:

– É sim, esse é o Oswáld, meu companheiro!

– E meu grande amigo! – completou Mário de Andrade.

– Esse nome parece em inglês: Ôswald, não é? – Eu disse isso porque aprendi um pouquinho de inglês na escola.

– Ah, não. É Oswaldo, por isso Oswáld. Nós gostamos mesmo é da nossa língua, o brasileiro – disse o Mário.

Já estava há um tempão ali e me esqueci de olhar pela janela. E é tão boa a sensação de ver a paisagem passar como um filme, reparar nas pequenas e grandes coisas que aparecem, ver o céu recortado pelas formas...

Estava eu lá tranquila, observando, quando de repente vi uma coisa muito grande pela janela, na verdade GI-GAN-TE. Fiquei assustada, coloquei a cabeça para fora do trem pensando que podia ter me enganado, mas não: a coisa ainda estava lá!

Não tive tempo nem de me despedir! Pulei correndo para voltar e ver de perto aquela mistura de bicho com gente, no meio do mato.

— Quem é você? — perguntei bastante assustada.
— Abaporu.
— Ixi, você é um índio? Disse isso porque lembrei das aulas que tive também sobre algumas línguas dos nativos brasileiros, que moravam aqui quando os portugueses chegaram no Brasil. E o Mário me disse que as palavras indígenas estão em todos os lugares na nossa língua brasileira.

— É, Mari. O Mário gostava tanto dessa língua que inventou uma gramática da fala brasileira.

— Ai, que chato... Gramática é muito chato!

— Mas essa é muito legal, porque a regra é o jeito que a gente fala e não o contrário!

— Nossa, ia ser muito legal se na escola a gente estudasse essa em vez da outra!

— Também acho!

— Eu sou o gigante comedor de gente!

Eu, que não sou boba nem nada, saí correndo para me esconder atrás de alguma árvore da floresta! Durante a corrida, pensei que eu podia me disfarçar de algum bicho, já que aquele monstro só comia gente... Para isso, tive que tirar o Poiret da Tarsila! Guardei na minha mochila porque não queria deixar aquele vestido lindo para trás. Soltei meu cabelo e fiquei fazendo um som estranho.

O Abaporu levantou (só então percebi que ele estava sentado!) e deu um micropasso para me alcançar. E eu tinha corrido tanto... Mas é que ele era muito gigante mesmo. Chegando perto de mim, deu uma gargalhada dizendo:

— Não precisa ter medo, menina! Eu já comi muita gente até ficar assim e acho que agora cheguei à minha melhor forma.

Pensei comigo mesma: "Imagina qual seria a pior!" Mas disfarcei, porque não é elegante falar que as pessoas são feias. Até porque o feio é muito relativo.

– E quem é você? Além de um comedor de gente?

– Eu sou o símbolo do Movimento Antropofágico e, uma das obras-primas de Tarsila do Amaral! E também fui um presente para o marido dela, o Oswald de Andrade.

– E o que é esse movimento?

– É a tentativa de buscar o que é o brasileiro. Na verdade, os modernistas estão tentando descobrir isso desde 1922, quando aconteceu a Semana de Arte Moderna.

– Ah, isso eu sei, eu ouvi todas as histórias dos quadros da Anita!

– Escute, menina, você não quer me ajudar numa missão, não? – disse o Abaporu, que já não estava mais me dando medo.

– Claro! Adoro andar pelos quadros dos pintores! – respondi muito animada!

– Então, vamos! Antes, só preciso me despedir da minha namorada! – disse meu novo amigo gigante, que não era mais tão desengonçado agora que estava em pé e andando, mesmo que me desse dor no pescoço conversar com ele. Percebendo meu esforço em olhar toda hora muito para cima, ele pediu para eu subir no seu pezão e de lá me chutou para o ombro dele, que mais parecia um escorregador!

Andamos pelas matas e pelas paisagens de Tarsila. Ele pegou uma florzinha para levar para a namorada dele. Logo avistei uma moça careca de um peito só. É, só podia ser ela! A namorada do Abaporu.

– Oi, minha nêga! – e deram um beijinho. – Encontrei uma menina muito sabida para me ajudar a encontrar o Urutu. Estou indo agora, não se preocupe porque volto logo!

– Oi, meu pezão! Que bom! Olá, menina, como você se chama?

– Oi, moça. Sou Mariana. E você?

– Meu nome é A Negra. Boa sorte para vocês.

E eu nem imaginava quem seria esse tal de Urutu. Todas as vezes que precisei procurar alguém nas outras histórias, todos eram muito legais! O Menino com Lagartixas, o Peixe Dourado, as pessoas do Grupo dos Cinco, os sons do Kandinsky... Mas, dessa vez, não sei, não...

Embarcamos, ou melhor, eu embarquei nos passos do Abaporu. E quis saber quem era esse tal de Urutu.

– É um feitiço, Mariana. Um homem em forma de cobra que comeu um peito d'A Negra! E, se o acharmos e conseguirmos desfazer o feitiço, tudo volta ao normal.

– COOOOOOBRA?

– É, mas é uma cobra cega, muito fácil de enganar. O problema é que ela se reproduz muito rápido e morre rápido também. Temos pouco tempo para achá-la. Vamos por aqui, dentro da Floresta.

Eu morro de medo de cobra. Mas, não podia mais voltar atrás. Além disso, a coitada d'A Negra tinha sido enfeitiçada! Eu precisava ajudar.

– Precisamos de pistas! – disse o Abaporu.

– Vamos conversar ali com aquele Pescador – pulei na água e fui até lá.

– Oi, Pescador, tudo bem? Estamos procurando uma cobra enfeitiçada...

Antes de eu terminar ele já respondeu:

– Eita, sai pra lá com essas *coisa* de feitiço! Tenho um medo danado! Entra pelas *banda* da Floresta e encontra as outras *lenda* que elas *deve de te ajudá*! Eu é que não entro nem por um peixe dourado!

Eu e o Abaporu rimos do jeito engraçado do Pescador falar! Outras lendas... Outras lendas... Pensei, pensei e lembrei das aulas de folclore da escola! Saci, Cuca, Boitatá!

– Claro! – pensei alto e já subi no pezão de novo! Eu conheço as lendas! – Vamos, Abaporu! Por aqui.

Tinha visto um triângulo vermelho e uma fumacinha... E eu comecei a gritar:

– Saci, Saci! Precisamos da sua ajuda!

Ele logo apareceu! Mas, nossa, que engraçado! Aqui no mundo da Tarsila tudo era diferente! Parecia que tudo tinha engolido uma bola! Tirando o Abaporu e A Negra, todos eram redondinhos. E esse Saci parecia um Saci-Robô, redondo, com uma perna só sem espaço pra ter outra! E era preto igual ao Príncipe Negro, com muitos dentes brancos!

– Chamou, estou aqui! De que vocês precisam?

Achei bem estranho um Saci bonzinho... Mas como estamos em terra de Tarsila, tudo pode acontecer. Expliquei sobre o Urutu e o feitiço e o Saci me disse que mais adiante eu poderia encontrar a Cuca e os outros animais. Provavelmente eles sabiam onde o Urutu e seus filhotes se escondiam.

Andamos mais um pouquinho e estava lá! Uma Cuca com dentes de piano! Ou seria um babador? Tinha um animal que podia ser um tatu, um pavão, uma taturana... Um sapo dava para entender, mas o outro acho que era um bicho inventado! Parecia ser do tempo em que todos os bichos falavam! E não dava medo porque ali tinha até uma árvore de corações verdes...

– Oi, Cuca! – eu disse como se já fosse antiga amiga dela.

– Quem são vocês? – ela respondeu um pouco assustada vendo o Abaporu.

– Fique tranquila, ele só come gente! Não come bichos falantes...

– Olá, Cuca! Sou Abaporu. Procuro o Urutu. Você conhece a cobra enfeitiçada?

– Sim, nós conhecemos. Mas ninguém chega perto dos ovos dele. Fica ali para a direita. Mas cuidado! Ele é cego, mas sente o cheiro das coisas. E se picar, você pode também sofrer um outro feitiço. Para cada pessoa, um feitiço diferente... – disse a Cuca.

– É, eu sei. Minha namorada sofreu um feitiço dele e é por isso que eu quero encontrá-lo.

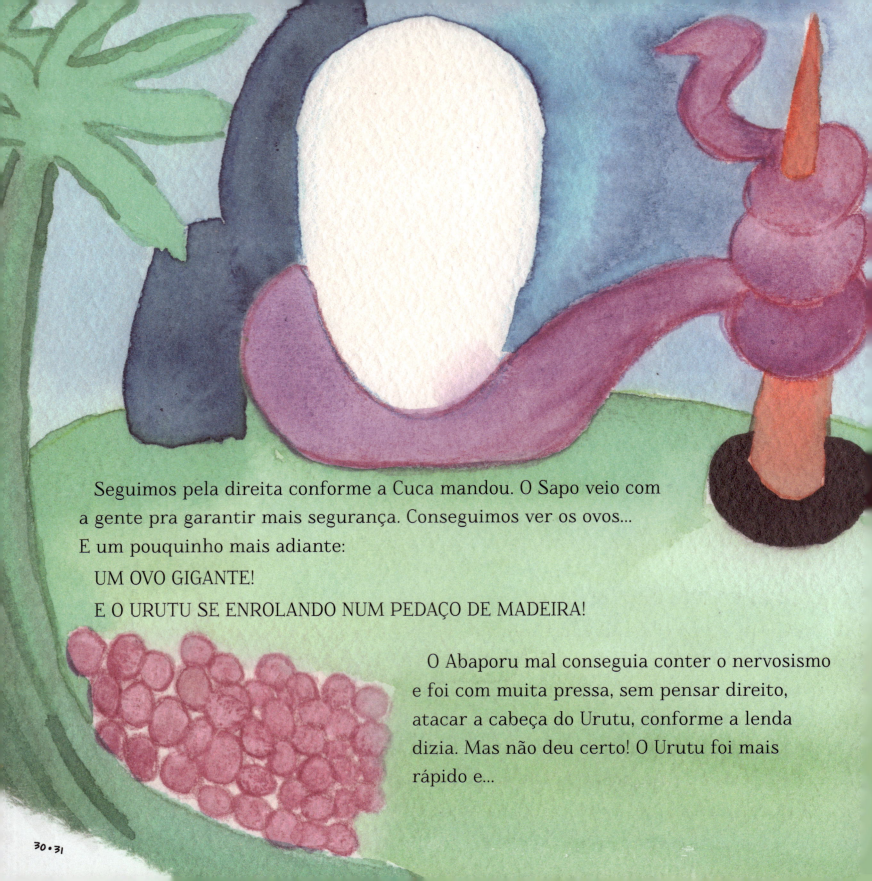

Seguimos pela direita conforme a Cuca mandou. O Sapo veio com a gente pra garantir mais segurança. Conseguimos ver os ovos...
E um pouquinho mais adiante:
UM OVO GIGANTE!
E O URUTU SE ENROLANDO NUM PEDAÇO DE MADEIRA!

O Abaporu mal conseguia conter o nervosismo e foi com muita pressa, sem pensar direito, atacar a cabeça do Urutu, conforme a lenda dizia. Mas não deu certo! O Urutu foi mais rápido e...

O ABAPORU CAIU DURO NO CHÃO!

Pedi para o Sapo procurar ajuda enquanto eu mesma peguei um pedaço de pau pra tentar ferir a cabeça do Urutu, aproveitando que eu era muito pequena para ele conseguir me farejar.

O Sapo correu e passou pelo meio do batizado... Do herói da nossa gente! Macunaíma. E alguém apontou para a esquerda. Ele continuou correndo e encontrou um touro muito bravo, vivendo atrás de grades gigantes! Logo pensou:

– É isso! Com esses chifres enormes ele vai furar a cabeça do Urutu!

O Sapo chegou próximo da grade, mas não conseguia descobrir como abrir a prisão. Explicou tudo ao touro. Mas ele também não sabia como abrir a jaula! O Sapo rodeou as enormes barras e encontrou um botãozinho. Quando apertou, a grade foi descendo até desaparecer!

O touro quase saiu voando de tanto que corria! Alcançou a gente e me levantou com um impulso para cima do Urutu! Consegui enfiar uma flecha na cabeça dele e...

Ele virou um lindo rapaz!
O Abaporu acordou!
A Negra voltou a ter dois peitos! E me pediu para contar a boa notícia para as irmãs dela, que viviam lá na Bahia!
E lá vou eu.

APOIO DIDÁTICO

APRESENTAÇÃO

As páginas a seguir buscam oferecer apoio aos familiares, professores ou interessados que queiram aproveitar a leitura de *Mari Miró e o Abaporu* para além das palavras, tornando materiais as imagens e personagens encontrados na narrativa sobre a obra da artista brasileira Tarsila do Amaral.

O título faz parte da coleção Arte é Infância, lançada em 2014 pela editora Ciranda Cultural, que conta, até o momento, com as seguintes narrativas e respectivos artistas: *Mari Miró* (Joan Miró), *Mari Miró e o Príncipe Negro* (Paul Klee), *Mari Miró e o Cavaleiro Azul* (Wassily Kandinsky), *Mari Miró e o Homem Amarelo* (Anita Malfatti) e *Mari Miró e o Menino com Lagartixas* (Lasar Segall).

Em *Mari Miró e o Abaporu*, Mari vislumbra o início de uma arte moderna brasileira através dos antecedentes apresentados nas narrativas anteriores, como o contato com as vanguardas europeias e a correspondência e intercâmbio dos artistas de nosso país com aqueles que foram responsáveis pela grande inovação formal nas artes visuais.

A obra de Tarsila é brasileira. Conta com elementos do nosso folclore e lendas, da nossa mata e vegetação, da nossa miscigenação. Assim, com a Mari, o leitor descobre a beleza de encontrarmos nosso caminho diante do cenário internacional, já tão consagrado. É por isso que na narrativa de *Mari Miró e o Abaporu* a personagem se encanta ao percorrer os Estados do Rio de Janeiro e Minas Gerais e conhecer as histórias de Abaporu – o gigante comedor de gente.

APOIO DIDÁTICO

Este material foi concebido a partir da vivência e experiência em sala de aula com alunos de diversas faixas etárias, e também do trabalho com diferentes linguagens: arte-educação e incentivo à leitura e escrita.

Objetivos gerais da coleção:
- Formar o público infantil para recepção da arte.
- Auxiliar professores no preparo de atividades com as obras dos pintores e as músicas e ritmos, antes ou após a leitura dos livros.
- Aprofundar o estudo da obra dos artistas e a relação entre a criança e a arte.

Objetivos específicos:
- Permitir ao professor abordar aspectos artísticos e históricos por meio das reproduções das obras incorporadas no livro paradidático.
- Subsidiar a mediação do professor na produção de releituras que possibilitem o fazer artístico do aluno nas mais diversas linguagens: escultura, música, dança, texto (poesia ou prosa), pintura e teatro.

Público-alvo:
- Professores de Português e Artes (Ensino Fundamental I);
- Profissionais que trabalham com oficinas de estudo (com crianças de 06 a 11 anos);
- Professores de Educação Infantil (mediante adaptação das atividades).

Você encontrará uma pequena biografia de Tarsila do Amaral, acompanhada de dados históricos essenciais para a abordagem em sala de aula. No momento específico de sequência didática, no qual há a apresentação das obras, utilizo a metodologia triangular proposta por Ana Mae Barbosa, articulada com outras ideias do fazer artístico de professores e estudiosos da área de arte-educação, além das adaptações necessárias à realidade com a qual se trabalha.

As sugestões de aulas contemplam três momentos: a apreciação, a contextualização e o fazer artístico. Na última etapa, há mais de uma opção de trabalho, portanto o professor deverá selecionar aquela que for mais adequada à turma e à faixa etária dos alunos com os quais trabalha, ou aproveitar a mesma imagem para uma sequência de encontros.

a) **Apreciação:** o educador incita a percepção dos alunos com perguntas abertas, mediando o olhar, mas sem direcioná-lo, a menos que seja sua intenção. Por exemplo, em uma obra abstrata, como alguns quadros de Kandinsky, perguntar sobre as cores, as formas; se não houver respostas satisfatórias, buscar alternativas como: as formas são orgânicas? As cores são frias? Este momento é importantíssimo para a reflexão e o envolvimento, tanto coletivo quanto individual. É interessante que o professor consiga equilibrar a participação de todos, para que se sintam convidados a expressar suas sensações. Dependendo da turma, esse momento pode demorar a acontecer de fato. Muitas vezes, os alunos não estão preparados para esta (auto)análise, tampouco a disciplina da sala permite um momento de silêncio e reflexão. Porém, com a insistência e a paciência do professor, o hábito começa a surgir e, depois de alguns encontros, eles aprendem que não há como olhar uma imagem ou ouvir uma música que não cause nenhuma sensação.

Este é o momento de ouvir, mais do que falar. O professor deve conduzir os comentários, que serão livres, ao propósito de sua aula, e somente depois de a turma esgotar as possibilidades, deverá prosseguir com a contextualização. Alguns educadores preferem dar o nome da obra/pintor ou música/grupo antes da apreciação. É recomendável que não o façam no caso de obras abstratas para que haja liberdade de expressão por parte dos apreciadores. No caso de um exercício que tenha como objetivo uma narração, por exemplo, já seria bastante interessante fornecê-lo. Portanto, nada como saber o que deseja e colocar em prática para pesquisar os resultados.

b) **Contextualização:** esse é o momento da aquisição do conteúdo. É muito importante que seja realizado de maneira instigante, aproveitando tudo o que fora discutido durante a apreciação, para que o aluno consiga relacionar suas sensações ao conteúdo e sinta vontade de realizar a atividade proposta pelo educador. É interessante que, simultaneamente, conduza uma reflexão ou discussão sobre a obra.

c) **Fazer artístico:** as sugestões elencadas neste material contemplam as mais variadas linguagens artísticas, de literatura a teatro. Qualquer atividade proposta deve ser bem instruída pelo professor, que fornecerá o material a ser utilizado, bem como exemplos de execução. A partir de então, ficará atento para verificar o andamento da elaboração (individual ou em grupo), incentivando e auxiliando os alunos de maneira atenciosa.

CONTAÇÃO DE HISTÓRIA

Para contar uma história é preciso conhecê-la previamente e encontrar nela elementos narrativos centrais.

O professor pode utilizar diferentes elementos para atrair a atenção das crianças (alfabetizadas ou não). Desde o famoso baú ou mala que contenha elementos lúdicos para envolver os alunos (como pedaços de tecido, plumas, brilhos, formas geométricas, chapéus, acessórios, borrifadores, trilha sonora, instrumentos musicais, etc.) até os recursos de mudança de voz, caretas, maquiagem e roupas diferenciadas.

Nas histórias da coleção Arte é Infância, o mundo da fantasia é o eixo principal. Utilizando as imagens das obras de pintores, alguns elementos táteis e sonoros, fica fácil trazer esta atmosfera para a sala de aula. Cada educador escolhe as linguagens com as quais está familiarizado para reproduzir a história. A seguir, uma sugestão de materiais e procedimentos para o livro *Mari Miró e o Abaporu*.

- Imagem ampliada das obras *Abaporu* e *A Negra*;
- Trenzinho de brinquedo;
- Instrumentos musicais de percussão;
- Uma "cobra" feita com papel celofane rosa e roxo, enrolado com nós (emendando um no outro);
- Uma lança feita com palito de churrasco e ponta triangular de cartolina;
- Bolinhas de pingue-pongue representando os ovos de *Urutu*.

Com esses elementos centrais fabricados, o professor pode narrar a história aos poucos, enquanto mostra os objetos para as crianças. Depois, os materiais utilizados podem ser aproveitados para realizar dinâmicas com os personagens e, inclusive, para direcionar as atividades que serão apresentadas mais adiante.

LEITURA COMPARTILHADA

Essa atividade tem como principal função ensinar o prazer da leitura ao aluno. É o momento no qual o professor lê um texto ou um livro dividido em capítulos, ensinando à criança que a leitura se dá com atenção, dedicação e paciência. É preciso saborear as histórias, os poemas. É preciso concentração.

O grande desafio desta geração guiada pelos eletrônicos é concentrar-se em atividades nas quais o movimento se dá interiormente. É preciso ensinar a contemplação. Tarefa difícil, mas não impossível. A maneira de realizá-la é mostrar que o livro contém histórias. E não há ninguém que não goste e não se interesse por histórias. Afinal, todos nós escrevemos e vivemos a nossa própria história, e sonhamos com o futuro breve ou distante, fabulando, desta maneira, constantemente.

O professor desempenha um papel de modelo para o aluno, principalmente nos primeiros anos de educação formal, por isso é interessante mostrar que o hábito da leitura faz parte de sua vida e abre as portas de um mundo grande e rico.

DESENVOLVIMENTO DA ATIVIDADE PARA CRIANÇAS NÃO ALFABETIZADAS

1ª etapa

Diga às crianças que o livro contará uma história que aconteceu com uma menina muito esperta, quando ela tinha 7 anos de idade. Explique que ela estava na sua aula de Artes e gostava muito de descobrir as histórias por detrás de um quadro.

Mostre a imagem da obra *Morro de favela*, de Tarsila do Amaral, e compartilhe as impressões dos alunos sobre a obra. Comente sobre as cores e as formas.

Só depois de perceber o interesse da turma, pergunte aos alunos se querem conhecer a história desta personagem chamada Mari.

2ª etapa

É importante criar um ambiente agradável para que as crianças não se sintam cansadas ou desinteressadas. Para isso, disponha os alunos em círculo ou semicírculo, no qual você ocupe uma posição visível para todos. Leia sempre com a ilustração virada para eles, para que todos vejam as imagens ou, não sendo possível esta organização, tenha como pano de fundo as imagens do livro *Mari Miró e o Abaporu* e das obras de Tarsila do Amaral em uma grande tela.

3ª etapa

Comece pela capa e pelo título. Deixe as crianças emitirem impressões espontaneamente e observarem a capa. Pergunte se alguém se lembra do quadro que a personagem gostou e force as relações com o título.

4ª etapa

Avise que você fará uma primeira leitura do livro, que durante a leitura todas as crianças devem prestar atenção. Se tiverem alguma pergunta ou impressão sobre a história, os alunos podem manifestar. Mas, se quiserem contar algo parecido, só poderão fazê-lo depois do final do livro.

5ª etapa

Após a leitura, abra um espaço de troca. Ele pode começar por alguma criança de maneira espontânea ou por você, que se apresenta como leitor. Comente sobre as imagens e faça uma breve síntese da história para resgatar a atenção de todos e para explicar o que a narração pretendeu. Esta atitude irá contribuir para a produção de sentido e complementará o significado esboçado pelo texto.

Outra intervenção interessante pode ser a releitura de alguns momentos descritos no texto, por meio de pergunta aos alunos: qual o momento de que você mais gostou?

Diante das respostas e releituras, você irá encontrar direções de interpretações divergentes ou criar as relações entre texto e imagem que as crianças poderiam fazer.

É interessante deixar a imaginação livre para que as crianças brinquem com a obra de arte de Tarsila do Amaral.

6ª etapa

Estimule a turma perguntando como imaginam outras ilustrações que poderiam existir no livro. Faça os alunos produzirem mais quadros de Tarsila.

7ª etapa

Apresente mais obras da pintora e o plano de aula sugerido neste material.

DESENVOLVIMENTO DA ATIVIDADE PARA CRIANÇAS ALFABETIZADAS

Elas podem possuir o livro ou não. Repita as etapas de 1 a 3 conforme descrito anteriormente.

4ª etapa

Leia o texto com clareza em voz alta. Pare sempre que terminar um parágrafo para acompanhar o interesse da turma e resgatar as opiniões.

Ou ainda, peça para que os alunos abram o livro na primeira página de texto e leia em voz alta, enquanto os alunos acompanham a leitura. A partir do momento em que Mari Miró passa a ter a voz narrativa, peça para que as duplas leiam em voz baixa, observando as ilustrações.

5ª etapa

Após a leitura, abra um espaço de troca. Pergunte se os alunos gostaram da história e quais os momentos mais interessantes.

Diante das respostas, você irá encontrar direções para saber qual a melhor forma de trabalhar com a sugestão de aulas deste material.

É interessante deixar essa conversa fluir e ouvir todas as impressões das crianças, pois a imaginação é necessária para compreender a obra de arte de Tarsila do Amaral.

6ª etapa

Apresente mais obras da pintora e o plano de aula sugerido neste material.

* FLEXIBILIZAÇÃO PARA DEFICIÊNCIA VISUAL

1. Grave o livro em áudio e dê para o aluno levar para ouvir em casa. Ele deve se aproximar do texto antes da turma.

2. Durante a leitura em sala de aula, descreva oralmente as imagens e estimule a turma a fazer o mesmo.

3. Estimule o aluno a sugerir imagens e faça-o participar ativamente da atividade.

* FLEXIBILIZAÇÃO PARA DEFICIÊNCIA AUDITIVA

1. Utilize um vídeo previamente gravado com a língua brasileira de sinais do livro *Mari Miró e o Abaporu*. A cada página lida em sala, passe o vídeo para que os alunos com deficiência auditiva possam acompanhar.

2. Durante a leitura em sala de aula, apresente as ilustrações para eles.

3. Estimule os alunos a participarem ativamente da leitura compartilhada.

Mari Miró e o Abaporu

A personagem Mari Miró percebe um leve arredondamento nas formas dos quadros e descobre as lendas indígenas, a miscigenação e a riqueza da natureza brasileira através do mundo de Tarsila do Amaral.

TARSILA DO AMARAL (1886-1973)

Tarsila do Amaral nasceu em 1886 na Fazenda São Bernardo, no então distrito da cidade de Capivari, no interior do Estado de São Paulo. A infância nas fazendas de café, junto à paisagem e sua experiência de vida na França, segundo Aracy Amaral[1], formam a tríade mais marcante da vida da pintora.

> *"Tarsila descrevia-se em criança saltando como uma cabrita selvagem entre pedras e cactos, procurando maracujá no mato. Na fazenda, brincava com seus 40 gatos, ouvia histórias de assombração de antigas escravas e se entretinha com bonecas feitas de capim."*[2]

Mas isso não significa que a futura pintora não tenha também convivido nos grandes centros como São Paulo e Barcelona, locais onde estudou ainda jovem. O início de sua formação artística se deu com uma simultaneidade de assuntos: o piano, a poesia, os desenhos, a pintura e a escultura.

Tarsila embarcou para Europa com intenção de estudar. Teve excelentes professores e estava na França quando ocorreu a Semana de Arte Moderna, em fevereiro de 1922. Apenas quatro meses depois, quando chegou ao Brasil, foi introduzida ao grupo dos modernistas através de Anita Malfatti. Logo se formou o chamado Grupo dos Cinco, constituído por Mário de Andrade, Oswald de Andrade, Menotti del Picchia, Anita e Tarsila.

Tarsila e Oswald se apaixonaram e as primeiras indicações deste romance aparecem em correspondências datadas de setembro deste mesmo ano. A união dos dois artistas proporcionou à arte brasileira obras icônicas, decorrentes do Movimento Antropófago. O casamento intenso, no entanto, teve fim no ano de 1931, devido ao envolvimento do poeta com Pagu (Patrícia Galvão). Tarsila ainda casou-se novamente e, nessa nova fase, concretizou movimentos políticos e sociais em sua pintura.

FASES DA OBRA DE TARSILA

Utilizaremos aqui uma espécie de guia simples para leitura visual das obras de Tarsila. Será bastante útil para o momento da contextualização, na sequência didática. A divisão e nomenclatura das fases são de autoria do Instituto Tarsila do Amaral, cujo material encontra-se *on-line*. Nesse local, inclusive, é possível baixar as imagens para mostrar em sala de aula.

PRIMEIROS ANOS, 1904-1922
INÍCIO DO CUBISMO 1923

A pintora volta a Paris em 1923 e lá conhece o poeta francês Blaise Cendrars, que apresenta a ela toda a intelectualidade do mundo que vivia na Cidade Luz naquela época. Ele apresentou o já consagrado pintor cubista Fernand Léger, com quem Tarsila teve aulas e foi muito influenciada. Ela também tomou aulas com outros mestres cubistas como André Lhote e Albert Gleizes. O cubismo pode ser definido de forma genérica como certa maneira de pintar em formas geométricas.

PAU-BRASIL 1924-1928

Graças a uma viagem ao Rio de Janeiro no Carnaval e às cidades históricas de Minas Gerais, para mostrar o Brasil ao poeta Blaise Cendrars, Tarsila descobre no Estado mineiro as cores que gostava na infância, as cores

---

1. AMARAL, Aracy. *Tarsila: sua obra e seu tempo*. São Paulo: Perspectiva; Universidade de São Paulo, 1975. p. 20-2.
2. RIBEIRO, Maria Izabel Branco. *Tarsila do Amaral* – 1 ed. São Paulo: Folha de S.Paulo: Instituto Itaú Cultural, 2013. p. 19.

caipiras. Seus mestres haviam dito que ela não deveria usá-las, mas depois dessa viagem, a pintora, que tinha muita personalidade, passa a usá-las e também mostra o Brasil rural e urbano em suas telas. Ela sempre quis ser a pintora do nosso país. Além das cores e do tema, Tarsila usa a técnica cubista que aprendeu em Paris anteriormente. A partir desta viagem, seu trabalho passa a ser conhecido como Pau-Brasil.

ANTROPOFÁGICA 1928-1930

Depois que Tarsila presenteou o seu marido na época, o escritor Oswald de Andrade, com a pintura *Abaporu*, começa a fase dita Antropofágica em sua obra. Oswald escreve o Manifesto Antropófago e faz o Movimento Antropofágico depois de ganhar o presente. Nessa fase, Tarsila ainda usava cores fortes, mas os temas eram do seu imaginário, dos seus sonhos, de lembranças de infância, de visões de objetos reais transformados em bichos imaginários, ou em outras formas diversas, que somente uma artista tão revolucionária, com uma visão de vanguarda, poderia criar. Essas foram as figuras e as composições que a tornaram um gênio da arte.

SOCIAL 1933

Em 1931, a pintora faz uma exposição em Moscou e depois desta viagem participa de reuniões do Partido Comunista, acompanhada do seu namorado na época, o médico Osório César. Sensibilizada com a causa operária no mundo e também no Brasil, pinta a majestosa obra *Operários*, em 1933, a primeira de cunho específico social no Brasil. No mesmo ano, pinta também *Segunda Classe*. Trabalhos posteriores da pintora revelam o cuidado com a população, o trabalho e as crianças, que podemos dizer que também possuem um caráter social.

DOS ANOS 30 A 50

Em meados dos anos 1940, Tarsila faz quatro obras magníficas, *Terra* (1943), *Primavera* (1946), *Praia* (1947) e *Roda* (1947), com uma evocação antropofágica, corpos distendidos no espaço infinito e uma atmosfera de sonho. Apesar do pequeno número de trabalhos, podemos considerar essa uma fase distinta, por ser totalmente diferente de sua produção até então e lembrar claramente características da antropofagia.

NEO PAU-BRASIL 1950

Com o extraordinário quadro *Fazenda*, de 1950, Tarsila volta à temática do Pau-Brasil dos anos 1920. Realiza ainda trabalhos primorosos usando as cores caipiras e os temas do Brasil, principalmente rural. Algumas destas telas são inspiradas pela linda paisagem de sua Fazenda Santa Teresa do Alto, em Itupeva, interior do Estado de São Paulo

Em *Mari Miró e o Abaporu*, as obras utilizadas privilegiam a fase Pau-Brasil e Antropofágica. Mas nada impede que o professor traga obras de outro período para completar a sequência didática proposta. Dessa forma, trabalhará o percurso completo da artista com obras icônicas como *Operários*, 1933.

OBRAS

1. *Morro de favela*, 1924
   64,5 cm x 76,0 cm
   Óleo sobre tela
   Coleção particular

2. *Carnaval em Madureira*, 1924
   76,0 cm x 63 cm
   Óleo sobre tela
   Acervo da Fundação José e Paulina Neirosky (São Paulo)

3. *Estrada de ferro Central do Brasil*, 1924
   142,0 cm x 126,8 cm
   Óleo sobre tela
   Acervo do Museu de Arte Contemporânea da USP

4. *Autorretrato (Manteau Rouge)*, 1923
   73,0 cm x 60,5 cm
   Óleo sobre tela
   Acervo do Museu Nacional de Belas Artes (Rio de Janeiro)

5. *Retrato de Mário de Andrade*, 1922
   53,0 cm x 44,0 cm
   Óleo sobre tela
   Acervo dos Palácios do Governo do Estado de São Paulo

6. *Paisagem rural com cerca e casas I*, 1924
   19,7 cm x 14,5 cm
   Nanquim sobre papel
   Acervo do Museu de Arte Contemporânea da USP

7. *Versão de ilustração para o livro Feuilles de Route,* 1924
   p. 64, série Viagem a Minas Gerais
   25,0 cm x 19,0 cm
   Grafite sobre papel
   Coleção particular

8. *Congonhas,* 1924
   série Viagem a Minas Gerais
   18,3 cm x 22,6 cm
   Nanquim sobre papel
   Acervo do Museu de Arte Contemporânea da USP

9. *Abaporu*, 1928
   85,0 cm x 73,0 cm
   Óleo sobre tela
   Acervo do Museo de Arte Latinoamericano de Buenos Aires – Fundación Constantini (Argentina)

10. *A negra*, 1923
    100,0 cm x 81,3 cm
    Óleo sobre tela
    Acervo do Museu de Arte Contemporânea da USP

11. *Manacá*, 1927
    73,0 cm x 63,5 cm
    Óleo sobre tela
    Coleção Simão Mendes Guss (SP)

12. *Antropofagia*, 1929
    126,0 cm x 142,0 cm
    Óleo sobre tela
    Acervo da Fundação José e Paulina Nemirovsky

13. *Pescador*, c.1915
    66,0 cm x 75,0 cm
    Óleo sobre tela
    Acervo do Museu Hermitage (São Petersburgo, Rússia)

14. *A cuca*, 1924
    73,0 cm x 100,0 cm
    Óleo sobre tela
    Acervo do Museu Grenoble (França)

15. *Saci Pererê*, 1925
    23,1 cm x 18,0 cm
    Guache e nanquim sobre papel
    Coleção particular

16. *Urutu*, 1928
    60,0 cm x 72,0 cm
    Óleo sobre tela
    Acervo da coleção Gilberto Chateaubriand, MAM – RJ

17. *O touro*, 1928
    50,4 cm x 61,2 cm
    Óleo sobre tela
    Museu de Arte Moderna da Bahia

18. *Batizado de Macunaíma,* 1956
    132,5 cm x 250,0 cm
    Óleo sobre tela
    Coleção particular

19. *A lua*, 1928
    110,0 cm x 110,0 cm
    Óleo sobre tela
    Coleção particular, SP

SEQUÊNCIA DIDÁTICA

1. MORRO DE FAVELA E CARNAVAL EM MADUREIRA

a) Apreciação

b) Contextualização

Fase Pau-Brasil (1924-1928)

c) Fazer artístico

- **Relacionando ideias**

Proponha a relação dos dois quadros para a observação das diferenças na paisagem. Seria interessante desenvolver previamente a pesquisa do termo "favela" e o surgimento das comunidades do Brasil, além de buscar também a história da Torre Eiffel para enriquecer a discussão.

- **Produzindo imagens**

Proponha a releitura das duas imagens simultaneamente fazendo com que os alunos escolham as partes que desejam ampliar, misturar ou subtrair, criando assim uma nova obra.

- **Produzindo textos**

Faça uma proposta de criação de narrativa, na qual cada aluno escolha um grupo de pessoas ou animais dos dois quadros.

2. ESTRADA DE FERRO CENTRAL DO BRASIL

a) Apreciação

b) Contextualização

Fase Pau-Brasil (1924-1928)

c) Fazer artístico

- **Relacionando ideias**

Traga imagens históricas da estação de trem Júlio Prestes (Luz), de São Paulo. Se possível realize uma visita ao lugar, ainda que virtual. Explore com os alunos a ideia do transporte ferroviário, sua história e o uso nos dias atuais no Brasil e no mundo.

- **Produzindo imagens**

Realize a releitura da obra em recorte e colagem, utilizando papel adesivo colorido e a parede da sala. Realize o trabalho em grupos de 4 ou 5 alunos e oriente que devem escolher parte do trabalho para desenvolverem.

- **Produzindo textos**

Realize a leitura e interpretação do poema *Trem de Ferro,* de Manuel Bandeira. Se possível, selecione alguns alunos para a leitura em jogral. Proponha a realização de uma pequena encenação em grupos, após a leitura. Anote as falas dos personagens, desdobrando assim o poema em diálogos.

3. AUTORRETRATO (MANTEAU ROUGE) E RETRATO DE MÁRIO DE ANDRADE

a) Apreciação

b) Contextualização

Fase Pau-Brasil (1924-1928)

c) Fazer artístico

- **Relacionando ideias**

Apresente diversos autorretratos dos mais variados pintores: Frida Kahlo, Pablo Picasso, Candido Portinari, Vincent Van Gogh, Amadeu Modigliani, etc. Procure várias técnicas como gravura, pintura, desenho, fotografias. Até chegar aos autorretratos feitos na atualidade, mais conhecidos como *selfie*, feitos por fotografias no celular. Proponha aos alunos que realizem um autorretrato em fotografia, pode ser durante a aula ou tarefa para fazer em casa. É importante lembrá-

-los do tempo de elaboração do retrato, característica pouco usual da geração de hoje. Fato é que todos os autorretratos realizados na história traziam consigo elementos caracterizadores dos artistas, como vestuário, animais de estimação, locais de trabalho, assim, a foto deve estar carregada de preferências pessoais dos alunos. O retrato não deve mostrar apenas a aparência, deve dizer sem palavras como o aluno é.

- **Produzindo imagens**

Faça um exercício comparativo entre o retrato e o autorretrato, mostrando que as características da pintora – cores e traços – permanecem as mesmas. No entanto, deve ser frisado o fato de uma das obras acima ser um retrato, isto é, um olhar de Tarsila para seu amigo Mário de Andrade. É importante aproveitar o ensejo para retomar o Grupo dos Cinco, já discutido no volume *Mari Miró e o Homem Amarelo*, com as obras da pintora Anita Malfatti. Há duas possibilidades de trabalhar imagens aqui: convidar os alunos a fazerem retratos de seus colegas, em duplas, ou produzir um autorretrato, isto é, um desenho de si mesmo, utilizando espelho para observar os detalhes. O aluno pode escolher desenhar o rosto apenas, meio corpo ou corpo inteiro.

Outra possibilidade seria a de trabalhar com moda, levando em consideração o vestido de Tarsila neste autorretrato. Explore a vestimenta, trabalhando com a moda dos anos 1920/1930 do Brasil – é um desafio instigante que traz um universo novo às crianças. Além disso, você pode buscar as referências de vestidos de Tarsila do estilista francês Paul Poiret para trabalhar com desenhos de modelagem.

- **Produzindo textos**

Traga o poema *Retrato*, de Cecília Meireles, e faça a leitura e reflexão sobre o assunto. A partir das ideias dos alunos, proponha que realizem um retrato de si mesmos em alguma situação vivenciada por eles.

4. PAISAGEM RURAL COM CERCA E CASAS I, VERSÃO DE ILUSTRAÇÃO PARA O LIVRO FEUILLES DE ROUTE E CONGONHAS

a) **Apreciação**

b) **Contextualização**

Fase Pau-Brasil (1924-1928)

c) **Fazer artístico**

- **Relacionando ideias**

Crie um caderno de registros de desenhos: a proposta para a relação de ideias trata de uma nova sequência didática. Para abraçá-la, é importante dispor de pelo menos quatro aulas. Na primeira aula, os alunos construirão o miolo de seu caderno pessoal. A ideia é que seja um caderno simples, de encadernação fácil, mas que seja fabricado por eles.

Para isso, basta dobrar um conjunto de três folhas sulfite ao meio no sentido vertical. Em seguida, corte na marca da dobra, formando tiras compridas que serão colocadas uma em cima da outra. Quando tiver uma pilha de folhas, dobre-as ao meio. Este será o miolo do caderno. Corte um elástico fino com o tamanho da volta da folha, dê um nó e deixe de lado para receber a próxima etapa.

Na segunda aula, utilize papel-cartão ou papelão paraná para cortar uma capa para o caderno. Meça com as folhas abertas. Corte um pedaço de tecido que envolva a parte da frente deste papel mais rígido de maneira que sobre um pouco para dobrar nos quatro lados. Passe cola branca com pincel em toda a superfície e cole esticando bem. Realize as dobras e cole-as na parte de dentro. Deixe secar aberto. Quando estiver seco, envolva a capa nas folhas do miolo e coloque o elástico para prender.

Nas outras duas aulas, proponha uma caminhada supervisionada pelo professor para registrar desenhos de observação: no bairro, no jardim da escola. (Dê preferência para paisagens naturais, como vegetação). Então, no momento da realização do desenho de observação, apresente os três desenhos de Tarsila, levando em conta principalmente a simplicidade dos traços.

Por fim, realize a montagem do caderno, que ficará com as folhas parcialmente soltas, para que seja possível retirar o desenho sem danificar o restante da obra – tanto para uma adequação de conteúdo ou uma exposição.

- **Produzindo imagens**

Cartão-postal TARSIWALD: arte postal. Para realizar atividades com estas obras de Tarsila, serão necessárias três aulas. Na primeira delas, apresente cartões-postais aos alunos. É importante recuperar o contexto e o uso dos cartões. Em seguida, disponha na lousa pelo menos 15 desenhos de Tarsila da série *Viagem a Minas Gerais* (encontradas facilmente na Internet). Os alunos escolherão apenas uma imagem para realizar uma releitura. O papel entregue para os alunos deve ter o tamanho de um cartão-postal. Caso opte por usar a folha de sulfite neste primeiro momento, após a realização do desenho, cole-a em um papel color set com fita dupla face. No lado contrário, será realizada a proposta descrita abaixo no item "Produzindo textos". Finalizadas as duas etapas, provavelmente utilizadas uma aula para cada uma delas, o aluno irá sortear um colega de outra turma para enviar seu cartão-postal TARSIWALD. Se não houver possibilidade de enviar via correio, pode ser feita uma caixa com uma fenda, na qual o aluno irá depositar seu cartão e a entrega será feita pelo professor da turma.

- **Produzindo textos**

Apresente alguns poemas do livro *Pau Brasil*, de Oswald de Andrade. Escolha os poemas mais simples e com maior humor. Os alunos deverão escolher aquele que mais gostaram para reproduzir em uma folha. A folha deve ser desenhada pelo aluno no modelo de um cartão-postal. Com o espaço para o CEP e endereço, além do espaço ao lado para a mensagem. Na mensagem do cartão, o aluno deverá colocar além do poema de Oswald de Andrade o porquê de ele o ter escolhido.

Aproveite a atividade para contar a história de amor de Tarsila do Amaral e Oswald de Andrade. Neste exercício, a poesia e as ilustrações do trabalho são como o casamento dos dois artistas, um em cada face.

5. ABAPORU

a) **Apreciação**

b) **Contextualização**

Fase Antropofágica (1928-1930)

c) **Fazer artístico**

- **Relacionando ideias**

Proponha aos alunos um estudo de palavras tupi-guarani. Para ser fiel àquele usado pelo poeta Oswald e sua esposa Tarsila, na ocasião de nomear a obra ainda sem título, recorra ao dicionário do padre jesuíta Antonio Ruiz Montoya (que pertencia ao pai da pintora) ou para mais fácil acesso, há as publicações recentes como de Eduardo de Almeida Navarro ou Moacyr Costa Ferreira.

- **Produzindo imagens**

Nunca será banal propor a releitura de *Abaporu*. Os alunos gostam de desenhá-lo. Proponha a realização do trabalho em uma camiseta ou outra peça de roupa. Já que o desenho é bastante simples, será uma maneira de instigá-los. Sugira também que façam interferências. Mostre alguns trabalhos que realizaram este tipo de releitura com humor.

- **Produzindo textos**

  Proponha o exercício em que o *Abaporu* escreve uma carta à Tarsila do Amaral querendo saber sobre sua origem e como ela o encontrou para criá-lo.

6. A NEGRA

a) **Apreciação**

b) **Contextualização**

  Início do Cubismo (1923)

c) **Fazer artístico**

- **Relacionando ideias**

  Adriana Varejão realizou um trabalho bastante relevante sobre o estudo da cor da pele do brasileiro. Com base em uma pesquisa do IBGE, na qual as pessoas não se reconheciam apenas nas opções: negro, pardo, branco e amarelo; a artista recolheu algumas expressões bastante curiosas como "café com leite", "cravo e canela" e desenvolveu uma paleta de cores de pele. A série *Polvo* apresenta a aplicação de grafismos indígenas sobre um retrato da própria artista com as cores criadas por ela em mais de 20 reproduções. Apresente a obra aos alunos e realize o seguinte trabalho para desmistificar a "cor de pele" arraigada no vocabulário das crianças.

  1. Com uma caixinha com 6 cores de guache, proponha aos alunos que misturem em um pequeno papel as tintas até que cheguem ao tom de suas próprias peles. Para terem certeza do resultado, podem passar a tinta sobre a mão. Quando conseguirem, questione a quantidade de cores necessárias para chegarmos aos tons de ocre, terra e marrom. Mesmo aqueles de tez mais claras, verão que o guache branco apenas não cumpre o papel de defini-los. Será necessário acrescentar verde, amarelo, rosa entre outros tons.

  2. Auxilie na produção de um autorretrato com volume, ensinando passo a passo em um desenho dirigido.

  3. Aponte alguns grafismos das etnias indígenas espalhadas pelo mundo, dizendo a origem e o período histórico a que pertenceram. O aluno irá escolher aquele que mais lhe agradar para aplicar em seu próprio retrato. E também será convidado a criar um nome para a sua cor.

  4. Assim que finalizarem o trabalho, faça com que os alunos pintem uma faixa de um grande papel para terem registrado as cores de pele da sala toda.

- **Produzindo imagens**

  Realize a releitura do trabalho utilizando giz pastel colorido em papel de 120g na cor marrom. Observe quais serão as soluções dos alunos. E depois discuta a tão importante questão da "cor de pele", mencionada no item anterior.

- **Produzindo textos**

  Faça a leitura de *Etelvina*, de Murilo Mendes[3], e discuta o texto com os alunos, observando a questão cromática e a função social de uma ama de leite. Faça analogia com a figura da Negra para Tarsila do Amaral. No fim da atividade, proponha o desenho ou retrato de Etelvina.

7. ANTROPOFAGIA E MANACÁ

a) **Apreciação**

b) **Contextualização**

  Fase Pau-Brasil (1924-1928) e Fase Antropofágica (1928-1930)

c) **Fazer artístico**

- **Relacionando ideias**

  Explique o que é **Antropofagia**, recuperando o termo e a expressão historicamente e no contexto da Semana de Arte Moderna. Existem gravuras muito interessantes sobre as práticas indígenas no vídeo de Darcy Ribeiro, *Povo brasileiro*.

---

3. MENDES. Murilo. *A idade do serrote*.

- **Produzindo imagens**

    Trate, especificamente, da vegetação explorada por Tarsila nas duas obras. Aproxime as folhas, árvores, flores pintadas pela artista às reais da flora brasileira. Estude, como em um herbário, a representação da pintura e da fotografia das espécies. Aproveite para mostrar a diferença das obras de Tarsila para um registro de desenho botânico, por exemplo.

- **Produzindo textos**

    Proponha aos alunos que misturem as letras das palavras das duas obras criando uma espécie de letreiro, utilizando as cores e formas da imagem. As palavras podem ser repetidas, conforme um anúncio de design, ou apenas serem retratadas em sílabas ou letras isoladas.

8. PESCADOR E A LUA

a) Apreciação

b) Contextualização

Fase Pau-Brasil (1924-1928)

c) Fazer artístico

- **Relacionando ideias**

    Recrie o cenário de *O pescador* com os alunos para apresentar alguma improvisação com a cena. Cada grupo de alunos poderá improvisar apenas uma vez. Registre em vídeo as improvisações para depois assistir com os alunos.

- **Produzindo imagens**

    Proponha aos alunos a criação de uma imagem misturando as duas obras de Tarsila. O material a ser utilizado pode ficar a critério de cada um. Depois de prontas, peça que eles nomeiem a nova obra.

- **Produzindo textos**

    Explique o que significa a expressão "história de pescador". Se possível, faça relações com o filme *Peixe grande e suas histórias maravilhosas*, de Tim Burton. Entendida a expressão, peça para que produzam um texto com alguma história da ordem do universo mágico e fantástico.

9. A CUCA, SACI-PERERÊ, URUTU E O TOURO

a) Apreciação

b) Contextualização

Fase Pau-Brasil (1924-1928)

c) Fazer artístico

- **Relacionando ideias**

    Trabalhe com a canção interpretada por Cássia Eller, *A cuca te pega*. Ouça a canção e discuta com os alunos os medos e receios que os fazem/fizeram ter medo da figura da Cuca. Aproveite para realizar um paralelo com a canção de ninar, na qual a figura da Cuca também é vista como malvada. Afinal, a Cuca de Tarsila não inspira muito medo. Aproveite os matizes da discussão para trabalhar com o lado pessoal dos alunos.

- **Produzindo imagens**

    Realize um grande mural com as figuras trabalhadas por Tarsila do folclore brasileiro. Para realizar o mural você poderá utilizar, por exemplo, algodão cru e pregar as figuras dos alunos (desenhadas ou coladas em papel color set) com alfinetes, permitindo assim a mobilidade para contação de histórias e brincadeiras.

- **Produzindo textos**

    Apresente as lendas do folclore brasileiro trabalhadas por Tarsila. Proponha uma situação na qual os alunos narrem uma aventura juntando pelo menos dois personagens. Prepare uma caixinha com papéis para sorteio colocando dentro o nome de locais inusitados, como Marte, Japão, o fundo do mar, a escola. Então, escolhidos os personagens, os alunos deverão sortear o local onde a aventura irá ocorrer.

10. BATIZADO DE MACUNAÍMA

a) Apreciação

b) Contextualização

Fase Neo Pau-Brasil 1950

c) Fazer artístico

- **Relacionando ideias**

Selecione alguns trechos da rapsódia de Mário de Andrade (compatíveis com a idade dos alunos com os quais trabalha) para realizar a contação de histórias. Dependendo do público é possível até imprimir o trecho para acompanhar a leitura. Então, utilize as cenas adaptadas no filme brasileiro de Joaquim Pedro de Andrade (1969) para realizar a correspondência com os alunos. Esse é um bom momento para falar um pouco do cenário do cinema brasileiro da época. As informações podem ser obtidas em livros sobre o assunto de autores como Ismail Xavier, Fernão Ramos, entre outros.

- **Produzindo imagens**

Divida a sala em duplas para que cada uma escolha apenas um dos personagens da obra para representar em tamanho real em papel kraft branco. Depois, oriente os alunos para recortar e montar um painel em uma das paredes da escola.

- **Produzindo textos**

Trabalhe com a imagem de Ci (capítulo específico do livro de Mário de Andrade), propondo aos alunos que continuem a história do ponto em que termina.

REFERÊNCIAS BIBLIOGRÁFICAS

AMARAL, Aracy. *As artes plásticas na Semana de 22*. São Paulo: Bovespa, 1992.

_____. *Blaise Cendrars no Brasil e os modernistas*. São Paulo: Editora 34; Fapesp, 1997.

_____. *Correspondência entre Mário de Andrade e Tarsila do Amaral*. São Paulo: Editora da Universidade de São Paulo, 1999.

_____. *Tarsila do Amaral*. São Paulo: Finambrax, 1998.

_____. *Tarsila: sua obra e seu tempo*. 3 ed. São Paulo: Editora 34; Editora da Universidade de São Paulo, 2003.

RIBEIRO, Maria Izabel. *Tarsila do Amaral*. São Paulo: Folha de São Paulo: Instituto Itaú Cultural, 2013.

INDICAÇÕES DE LEITURAS COMPLEMENTARES

CARPEAUX, Otto Maria. *As revoltas modernistas na literatura*. Rio de Janeiro: Ediouro, 1968.

GOLDWATER, Robert. *Primitivism in modern art*. Cambridge/Londres: Belknap Press of Harvard University, 1986.

KANDINSKY, Wassily. *Do espiritual na arte e na pintura em particular*. São Paulo: Martins Fontes, 1996.

_____. *Ponto e linha sobre plano*. São Paulo: Martins Fontes, 1997.

KLEE, Paul. *Diários*. São Paulo: Martins Fontes, 1990.

_____. *Sobre a arte moderna e outros ensaios*. Rio de Janeiro: Jorge Zahar, 2001.

LICHTENSTEIN, Jacqueline. (org) *A pintura, vol. 7: O paralelo das artes*. São Paulo: Editora 34, 2005.

_____. *A pintura, vol. 8: O desenho e a cor*. São Paulo: Editora 34, 2006.

NAVES, Rodrigo. *A forma difícil: ensaios sobre arte brasileira*. São Paulo: Ática, 2001.

NETTO, Modesto Carone. *Metáfora e montagem*. São Paulo: Perspectiva, 1974.

PEDROSA, Mário; ARANTES, Otília (org.) *Modernidade cá e lá*. São Paulo: Editora da Universidade de São Paulo, 2000.

_____. *Política das Artes*. São Paulo: Editora da Universidade de São Paulo, 1995.

PERRY, Gill. *Primitivismo, cubismo, abstração: Começo do século XX*. São Paulo: Cosac & Naify, 1998.

Vivian Caroline Fernandes Lopes nasceu em 1982, em São Paulo. É educadora social e atua principalmente em projetos com crianças e adolescentes na área de incentivo à leitura e escrita. Doutora em Literatura Brasileira, estuda a relação entre palavra e imagem, poesia e pintura, literatura e artes. Foi vencedora do prêmio Jabuti 2015 na categoria Didático e Paradidático com a Coleção Arte é Infância.

Roger Drakulya